Roger Marcotte

Des pâtes et des vertèbres

Conseil des Arts du Canada   Canada Council for the Arts

Les Éditions de la Paix remercie le Conseil des Arts du Canada et la Sodec de l'aide accordée à son programme de publication et reconnaît l'aide financière du gouvernement du Canada par l'entremise du Programme d'Aide au Développement de l'Industrie de l'Édition (PADIÉ) pour ses activités d'édition.

Les Éditions de la Paix bénéficient également du Programme de crédit d'impôt pour l'édition de leurs livres – Gestion Sodec – du gouvernement du Québec.

Roger Marcotte

Des pâtes et des vertèbres

Illustration
Jean-Guy Bégin

Collection Passeport, nº 63

pour la beauté des mots et des différences

Maison d'édition	Les Éditions de la Paix Inc. 127, rue Lussier Saint-Alphonse-de-Granby (Qc) J0E 2A0 Tél. et téléc. : 450-375-4765 info@editpaix.qc.ca www.editpaix.qc.ca
Illustration	Jean-Guy Bégin
Infographie	JosianneFortier.com
Révision	Jean Béland, Sonia K. Laflamme, Jacques Archambault

Dépôt légal 1er trimestre 2008
Bibliothèque nationale du Québec
Bibliothèque nationale du Canada

Achevé d'imprimer en février 2008
sur papier 100% post-consommation,
sur les presses de l'imprimerie Gauvin,
Gatineau, Québec

Imprimé au Canada

Catalogage avant publication de Bibliothèque et Archives nationales du Québec et Bibliothèque et Archives Canada

Roger Marcotte

Des Pâtes et des vertèbres
(Collection Dès 9 ans ; no 63)

Pour les jeunes de 9 ans et plus.

ISBN 978-2-89599-056-7

I. Bégin, Jean-Guy. II. Titre. III. Collection: Dès 9 ans ; 63.

PS8626.A737D47 2008 jC843'.6 C2007-941257-2
PS9626.A737D47 2008

À mes enfants Lorie, Audrée et Nicolas, et bien sûr à mon amour et complice, Sylvie.

Collection

Passeport

pour les 9-11 ans
représente le visa pour l'aventure
avec un grand A.

Un motel et un camp de vacances

Par sa fenêtre, la propriétaire du Motel King regarde la porte numéro 23 se refermer et le livreur de pizza repartir. Monsieur Boucher, l'occupant de la chambre, est plutôt sauvage. Poli, mais il n'aime pas parler. Du moment qu'il paie à l'avance comme à chacune de ses visites, elle veut bien lui laisser sa tranquillité. À la radio, sur laquelle repose son cendrier, une publicité de concessionnaire automobile, aussi locale qu'abrutissante, s'achève. Le bulletin de météo commence au moment où elle écrase sa cigarette.

Depuis le début de l'hiver, c'est la cinquième fois que monsieur Boucher séjourne dans son motel. Il arrive toujours un mercredi soir, en autobus, avec un simple sac à dos. Il paie tout de suite en argent comptant et quitte le lendemain soir par le même autobus qui repasse en sens inverse. Jamais il ne sort de sa chambre où il se fait livrer tous ses repas, comme ce midi.

Madame météo, la même voix que l'on peut entendre dans la publicité du concessionnaire automobile, met toute l'insistance nécessaire pour annoncer l'arrivée d'une importante tempête de neige dans quelques heures. L'alerte météorologique invite l'auditoire à éviter de circuler sur les routes.

Monsieur Boucher avale goulûment le reste de sa pointe de pizza, essuie ses gants tachés de sauce tomate et empoigne son sac à dos. La propriétaire du motel, le nez appuyé contre la fenêtre, le suit des yeux pendant qu'il sort de la chambre et qu'il se dirige vers elle.

***

— Audrée, l'année prochaine on ira dans un camp de soccer, d'accord ? Je ne suis pas certain…

— Tu vas aimer ça, ne t'inquiète donc pas.

— J'accepterais même un camp de baseball s'il n'y en a pas en soccer.

— Nicolas, arrête, tu vas aimer ça, je te le dis. Je suis certaine que tu vas adorer.

— Je ne sais pas. Chercher des indices, étudier des cheveux et des bouts de tissus au microscope, ce n'est pas tellement pour moi.

— Tu ne sais pas, tu n'as jamais essayé ! Fais-toi un peu confiance, fonce ! C'est sûr que tu es très bon au soccer, mais il ne faut pas avoir peur d'essayer quelque chose de nouveau de temps en temps, même si tu n'es pas toujours le meilleur.

La monitrice s'étant dressée au centre de l'allée de l'autobus, les conversations cessent peu à peu. Nicolas sait que sa grande sœur a un peu raison, mais il est soulagé de pouvoir échapper à son sermon.

— Alors bienvenue à vous tous ! Nous sommes en direction du camp Bikochi où nous résiderons pendant une bonne partie des deux prochaines semaines. Je me présente, je m'appelle Lucie, je suis étudiante en techniques policières et monitrice dans ce camp thématique d'enquêtes policières. Avez-vous des questions ?

Nicolas, peu enthousiaste, aimerait bien lui demander ce qu'il est venu faire ici, mais ce n'est pas le genre de questions auxquelles elle s'attend.

— Non ? Alors je continue, poursuit-elle en prenant de l'assurance et une position encore plus militaire : jambes écartées et mains jointes derrière le dos. À notre arrivée, vous allez rencontrer le lieutenant Paquette, concepteur de ce camp de vacances qui en est à sa quatrième année d'existence. Tous les bénéfices de ces camps, qui ont lieu du début de juillet à la fin d'août, sont remis à des œuvres charitables qui…

Nicolas tourne la tête vers sa sœur, espérant trouver sur son visage le même air blasé que sur le sien. Déception, elle boit les paroles de la monitrice.

— Oh ! J'allais oublier, ajoute Lucie, en plus du lieutenant Paquette et de moi-même, vous serez accompagnés de Sylvain, également étudiant en techniques policières, qui est en ce moment au volant.

Le chauffeur émet un large sourire dans le rétroviseur et salue les vacanciers de la main.

— Pas laid ! se contente de dire Audrée.

Drôle de camp

Il roule à une vitesse bien supérieure à la limite permise, en direction du territoire de chasse qu'il fréquente depuis des années. Monsieur Boucher, ou plutôt Richard Plante de son vrai nom, voit se rapprocher la voiture de police derrière lui. Si on le poursuit, ce n'est pas simplement pour un excès de vitesse. Ni même pour avoir ligoté la propriétaire du motel, puis volé sa voiture. Après son départ du motel, il est passé par la Caisse Populaire pour la dévaliser comme prévu.

Le jeudi est le jour de la semaine où les coffres contiennent le plus d'argent. En plus, aujourd'hui, c'est le premier jour du mois, un détail à ne pas négliger.

Peu de distance sépare maintenant les deux voitures, et d'autres gyrophares apparaissent au loin malgré la tempête de neige qui commence. Richard s'inquiète à peine, le pont de la rivière Octave est en vue. Il freine. La voiture glisse un peu plus qu'il ne s'y attendait, mais s'immobilise finalement de biais, face à l'entrée du pont, bloquant les deux voies. Sans perdre de temps, il jette sur ses épaules l'énorme sac à dos bourré de billets de banque. La première voiture de police commence à freiner que, pistolet à bout de bras, Richard en fait éclater le pare-brise. La voiture recule aussi vite pour mettre ses occupants à l'abri, en vain, le voleur court déjà de l'autre côté du pont. Les deux policiers ont de la difficulté à distinguer la lisière de la forêt où le voleur s'enfonce tant la tempête prend de la vigueur. Rejoints par une seconde voiture, les policiers se risquent finalement vers le boisé. Ils y découvrent une bâche de plastique blanc à moitié ensevelie sous la neige. Elle camouflait une motoneige, comme ils peuvent le constater à la vue des traces qui se dirigent vers la forêt en longeant la rivière. Le vent et la neige ont déjà supprimé cette piste quand le plus rapide des policiers parvient à sa voiture pour téléphoner au poste.

***

À quatorze ans, Audrée est parmi les plus âgés du groupe de vacanciers. Même si elle avait été la plus jeune, elle n'aurait eu aucune difficulté à s'imposer, Nicolas en est convaincu. Sa sœur a toujours été une fonceuse, c'est comme ça, c'est tout. Lui, trois ans plus jeune, profite de la personnalité de sa sœur : plutôt effacé, il compte souvent sur elle pour lui ouvrir la voie. C'est ce qui va arriver ici aussi, au camp, il le sait. Audrée prendra les devants, quelles que soient les situations. Lui, il n'aura qu'à la suivre.

Nicolas est perdu dans ses réflexions quand sa sœur le frappe du coude pour le rappeler à l'ordre, ne le jugeant pas suffisamment attentif aux propos des animateurs. En effet, tout en vantant les activités de son camp de vacances, l'inspecteur Paquette, grand, bedonnant et chauve, déambule parmi les jeunes.

— Bientôt, claironne-t-il, nous entreprendrons la « grande enquête », mais avant vous allez apprendre plein de choses qui sont indispensables à tout inspecteur de police. Allez d'abord ranger vos bagages dans les dortoirs,

Lucie va vous y conduire. Ensuite, revenez ici pour l'entraînement à la course à pied et une collation de beignets.

— Génial ! commente Nicolas en direction d'Audrée qui, à son tour, semble se questionner sur son choix de camp.

Ayant déposé ses bagages sur un des lits encore libres, Nicolas met le cap sur le baraquement des filles pour y rejoindre sa sœur. Il aurait préféré une place à l'étage supérieur de l'un des lits superposés, évidemment, mais aucune n'est restée libre. Arrivé à destination, il reconnaît la voix d'Audrée qui domine toutes les autres :

— Ce sera plus juste, dit-elle. Chaque jour, on fera une rotation de façon à ce que chacune puisse essayer tous les lits. Tout le monde est d'accord ? Super ! À plus tard !

La journée se déroule bien, tant au goût d'Audrée que de Nicolas. La course à pied a été suivie d'un exposé sur les méthodes de filature et d'une démonstration de trucs pratiques d'autodéfense et de techniques d'immobilisation. Un souper tardif de spaghettis à la sauce bolognaise et quelques biscuits dévorés autour du feu de camp, et c'est déjà l'heure de dormir. Nicolas ronfle dans son dortoir en compagnie des huit autres garçons.

Avant de s'endormir, Audrée fait le bilan de sa première journée : l'ambiance du camp est bonne, l'inspecteur Paquette est vraiment sympathique, Lucie se prend trop au sérieux, et en effet, Sylvain n'est pas laid du tout.

La grande enquête

Richard ralentit son allure. Après tout, les policiers ne représentent plus une menace pour le moment et il a peine à voir. Tant qu'il longe la rivière, il n'y a pas de véritable danger. Il ne doit pas cependant manquer les repères qui lui permettront d'atteindre sa destination.

***

Même si certains des garçons sont de son âge, Audrée les considère trop jeunes pour elle. Bien sûr, il y a Mathieu, beau et svelte. Il a d'ailleurs tenté de l'impressionner en défiant les autres à un concours de « celui qui crache le plus loin ». Quel débile ! pense-t-elle. Quelle vulgarité ! Ce Mathieu n'existe déjà plus pour elle. Audrée encaisse le coup de coude de son frère et prête attention aux propos de l'inspecteur qui, satisfait, cesse de la fixer et recommence à parler :

— Vous aurez à mener une enquête. Comme toute enquête, votre travail commence par la recherche d'indices.

Les seize jeunes écoutent le lieutenant Paquette tout en digérant. Une chance qu'Audrée et Nicolas adorent les pâtes, car à cette troisième journée de camp, c'est encore tout ce qui se trouve au menu.

— Nous irons avec les canots et les kayaks jusqu'au mont Brûlé. Cette année, c'est sur ce territoire que nous avons dissimulé les indices. Tout ce que vous trouverez d'inhabituel peut être déterminant. Vous choisirez un partenaire et nous assignerons une position à chacune des équipes. Nous pourrons ainsi quadriller le territoire de façon à ne laisser aucun secteur inexploré. De la méthode, il faut beaucoup de méthode. C'est ce qui fait la différence entre un inspecteur efficace et...

L'homme poursuit son discours pendant toute la durée du travail des jeunes, et le groupe s'installe dans les embarcations.

— Ce canot est pour mon frère et moi, dit Audrée en souriant aux vacanciers qui l'entourent. Personne ne l'a réservé ?

— Non Audrée, on prend un kayak, commande Nicolas en s'empressant d'en saisir un, l'arrachant presque des mains de deux jeunes rouquins.

Croisant le regard de l'animatrice, il ajoute aussitôt :

— Oui, mademoiselle Lucie, nous savons comment l'utiliser.

Interloquée par l'initiative de son jeune frère, Audrée ne réagit pas. Ses sermons semblent donner des résultats : Nicolas ose enfin prendre les devants et essayer des activités nouvelles malgré le mensonge qu'il vient de servir à la monitrice. Il n'a jamais vu un kayak d'aussi près…

— Alors faites vite tous les deux, on ne lambine pas.

Lucie semble vouloir accélérer le départ. Il est vrai que le groupe doit arriver sur les « lieux du crime » avant la nuit pour y installer les tentes. Quant au lieutenant Paquette, assis à l'extrémité d'un canot, il continue de lancer des conseils et de discourir tandis que Sylvain rame seul :

— Et rappelez-vous de ne rien toucher si vous découvrez quelque chose. Ça pourrait détruire des indices importants. L'un de vous deux doit demeurer en place et attendre pendant que son coéquipier ou sa coéquipière viendra me chercher. Ne rien toucher ! De la prudence, beaucoup de prudence. C'est ce qui fait la différence entre un bon détective et un...

***

Richard Plante se déplace plus lentement encore. Près de deux heures ont passé depuis qu'il a échappé aux policiers. Un moment, il a suivi un large ruisseau qui se jette dans la rivière Octave, mais c'était une erreur. Revenu à son trajet initial, il craint d'avoir dépassé sans le voir le cours d'eau qu'il recherche. Il connaît pourtant très bien ce secteur. Tout est si différent dans la tempête. Malgré le froid, une abondante sueur lui coule dans le dos. Il voudrait rebrousser chemin, mais choisit de continuer encore un peu dans la même direction.

Une découverte étonnante

— Je crois qu'ils ont trouvé quelque chose, dit Audrée. Heureusement parce que moi, j'allais bientôt tout lâcher.

Nicolas rajoute :

— Ce sont nos squelettes qu'ils vont finir par retrouver avec toutes ces mouches noires et ces maringouins.

Des coups de sifflet, signal de l'obligation pour tous de rentrer au camp, retentissent depuis cinq minutes. La plupart des garçons et des filles sont déjà attroupés devant la tente de l'inspecteur Paquette lorsque Nicolas et sa sœur arrivent.

Vous êtes tous là ? s'informe l'inspecteur en rangeant son sifflet dans sa poche. Bon. On a du nouveau : deux de nos jeunes détectives ont fait une découverte dans la rivière, annonce-t-il en désignant Laurence et Élodie, les filles les plus âgées du groupe. Il s'agit d'une vertèbre, c'est-à-dire un os provenant d'une colonne vertébrale.

La monitrice, qui arrive avec deux retardataires, l'interrompt :

— Ce n'est pas un de nos indices !

Justement, c'est encore plus intéressant, Lucie, reprend le lieutenant Paquette. C'est peut-être l'os d'un animal. Ou bien celui d'une personne.

Nous n'avons pas suffisamment d'éléments pour nous prononcer. Toute l'enquête reste à faire, heureusement pour vous, mes jeunes amis.

L'inspecteur s'accorde une pause pour savourer la fascination qu'il exerce sur son public avant de reprendre :

— Je vous propose donc ceci : pendant que vous allez tous vous régaler de raviolis à la sauce tomate, je vais inspecter les environs où la vertèbre a été découverte. Si ça semble captivant, nous abandonnerons le jeu en cours et nous irons tous dès demain à la recherche d'un cadavre. Qu'en dites-vous ?

— On pourrait trouver un vrai squelette, Audrée, tu te rends compte ? jubile Nicolas.

Audrée doit deviner ce que vient de lui dire son frère tellement le groupe crie

son excitation. Lucie, la monitrice, réussit tout de même à imposer le silence en criant encore plus fort.

— Je ne suis pas d'accord, inspecteur. Je crois qu'il faudrait plutôt communiquer avec le poste le plus près et laisser les policiers se charger de l'enquête. Si tout le monde piétine les lieux, ça ne va pas aider à...

L'inspecteur l'interrompt poliment, sans démontrer d'impatience.

— Avant d'alerter qui que ce soit, je vais aller sur place pour m'assurer qu'il ne s'agit pas simplement d'un animal. C'est d'ailleurs l'explication la plus probable.

La monitrice voit l'atmosphère s'alourdir. Tous la regardent sans sourire, la plupart chuchotent entre eux sans la quitter des yeux. Le lieutenant Paquette reprend son discours :

— Si c'est l'os d'un animal, nous ferions perdre leur temps à mes collègues de la police. Au risque de me répéter, il faut d'abord s'assurer de l'absence d'un cadavre animal près de l'endroit où la vertèbre a été trouvée. Je vais le faire tout de suite. Si je ne trouve rien, nous recommencerons les recherches ensemble dès demain matin.

Tandis que le groupe de vacanciers manifeste son accord, Lucie se mord la lèvre pour s'empêcher de parler. On ne veut pas l'écouter, c'est évident. Personne ne veut tenir compte de son avis.

— Et maintenant Lucie et Sylvain vont vous préparer ces délicieux raviolis que je vous ai promis, conclut l'inspecteur.

Lucie se tourne avec brusquerie, empoigne par son anse un énorme chaudron et se dirige vers la rivière pour le remplir d'eau.

— … vont vous préparer ces délicieux raviolis que je vous ai promis… marmonne-t-elle.

Sylvain, qui s'empresse de la rejoindre pour l'aider, lui adresse un petit sourire gêné. Il ne peut pas parler, Lucie ne lui en laissant pas la possibilité.

— C'est toujours lui qui prend seul les décisions sans jamais nous consulter, se plaint-elle en regardant à peine Sylvain. Quand je pense au temps qu'il a fallu pour répartir nos indices et il veut tout laisser tomber. Délicieux raviolis !…

Une fois le chaudron rempli d'eau, Sylvain s'éloigne en sifflant dès l'approche de l'emplacement du feu de camp. Il ne devine pas encore toute l'exaspération de Lucie. Nicolas, qui s'était approché, a tout saisi.

***

Cette fois, c'est le bon endroit. Richard Plante quitte la rivière Octave pour longer un plus petit cours d'eau. Au printemps, elle est toujours gonflée par la fonte des neiges. À présent, elle est étroite et camouflée par la glace et par la neige. Le motoneigiste ne s'est pas trompé. Il reconnaît le gros rocher sur sa gauche. Quelques mètres plus loin, il devrait bientôt apercevoir un grand pin frappé par la foudre. Oui, il est là, on le devine dans la tempête. Encore quelques kilomètres et il sera parvenu à sa destination. La suite dépendra de sa patience.

L'inspecteur est de retour

L'inspecteur Paquette se lève enfin. Il est rentré au camp très tard hier soir. Quelques-uns parmi le groupe ont eu connaissance de son retour, l'excitation n'étant pas une bonne alliée du sommeil.

Dans le dortoir des filles, une tente pour les sept, Audrée a été une des premières à s'endormir, heureuse d'avoir apporté des bouchons pour ses oreilles.

Cette fois, ils ont couvert les jacassements des autres filles plutôt que leurs ronflements.

Nicolas, qui a dormi dans l'une des deux tentes attribuées aux garçons, se réveille à peine. Le dernier de son groupe à avoir fermé les yeux, c'est lui. Discrètement, par la moustiquaire, il n'a cessé de surveiller la tente de la monitrice.

Le lieutenant Paquette est déjà debout. Ce matin, pour la première fois, Lucie ne lui a pas préparé son café. Il hésite : le fera-t-il lui-même ou rappellera-t-il subtilement cet oubli à son employée ? Le groupe d'enquêteurs en herbe ne lui laisse pas le temps de prendre une décision. S'inspirant peut-être des mouches noires et des maringouins des alentours, les jeunes forment un essaim autour de lui et l'assaillent de questions.

— Est-ce qu'on commence les recherches ?

— Avez-vous trouvé le cadavre ?

— Dites, ce n'était pas un animal, hein ?

— Quand est-ce que ...

L'inspecteur lève les mains pour obtenir le silence. Après un moment, le calme revenu, il daigne enfin ouvrir la bouche :

— Toi ! dit-il en pointant Audrée de l'index...

— Moi ?

— Oui, toi ! Tu vas me préparer un bon café, ce serait gentil de ta part.

Et sans attendre de réponse, il s'engouffre dans sa tente.

Audrée a tout juste le temps de se demander comment faire qu'un beau prince vient à son secours. Sylvain, le moniteur, une tasse de café fumant entre les mains, lui sourit de toutes ses dents blanches.

— Va lui porter celui-là, dit-il, l'air triomphant. Il sera content. Je vais m'en préparer un autre.

— Merci, Sylvain. Merci beaucoup ! appuie-t-elle d'une voix feutrée.

Nicolas observe la transformation que subit par sa sœur en quelques secondes. Le grand sourire naturel du moniteur doit être contagieux puisque c'est maintenant elle qui le lui renvoie. Elle suit le beau Sylvain du regard.

— Il va refroidir.

— Qui ça ?

— Le café ! il va refroidir.

— Ah ? Ah ! Oui. Je vais le porter à l'inspecteur.

***

C'est bien l'endroit. Richard Plante abandonne le cours d'eau glacé. Entre deux rochers, une sorte de porte ovale se dessine dans la poudrerie. Sans couper le moteur, il descend de son véhicule et, debout à ses côtés, il le fait avancer par à-coups. Sans surprise pour lui, la motoneige disparaît dans un trou impossible à distinguer à cause de la couche de neige sur les buissons. Le criminel est satisfait. Son plan fonctionne à merveille. Pistolet dans une main, lampe de poche dans l'autre, il se laisse glisser à son tour dans la cachette en tentant de replacer du mieux qu'il le peut les arbrisseaux au-dessus de lui.

Grâce au faisceau de sa lampe, il retrouve la motoneige. Un des skis s'est rompu dans la chute, le moteur s'est éteint. Aucune importance. L'engin ne devrait plus servir. Gardant sur son dos le sac contenant les billets de banque, il s'enfonce plus profondément dans la grotte. Il avance, courbé, à cause du plafond très bas. Il passe près d'un canot et de seaux de plastique sans même s'en préoccuper. Quelques mètres plus loin, il pénètre dans une salle plus spacieuse, mais très encombrée.

La mission de Lucie

À la satisfaction générale, l'inspecteur sort enfin de sa tente. Audrée a eu la bonne idée de lui demander de sortir pour prendre son café. Dès qu'il paraît, l'essaim de vacanciers se reforme autour de lui.

— Êtes-vous tous aussi excités que moi ? demande l'homme les yeux brillants.

Tonnerre de cris, puis silence. On attend la suite.

— Je n'ai trouvé aucun cadavre ni animal ni humain. Tout est donc possible. Si vous êtes d'accord, nous laissons tomber le jeu prévu et nous nous concentrons sur la recherche de ce squelette, celui à qui appartient la vertèbre. Il se pourrait bien que vous vous souveniez de ces vacances toute votre vie. On passe donc au vote. Qui est pour la recherche du squelette ?

Une forêt de mains se lève aussitôt. Même celle de Sylvain que Lucie foudroie du regard en gardant les avant-bras croisés sur sa poitrine.

Nicolas chuchote à sa sœur :

— Celle-là, je m'en méfie de plus en plus.

Audrée tente de lui répondre, mais l'inspecteur Paquette reprend de plus belle en haussant la voix :

— Par contre, j'ai bien réfléchi à ce que nous a dit mademoiselle Lucie et je dois admettre qu'elle a un peu raison.

La monitrice desserre à peine les dents même si elle est visiblement flattée que l'inspecteur reconnaisse son bon jugement, surtout devant tout le groupe.

Le lieutenant poursuit :

— L'un d'entre nous, je veux dire l'un des adultes, ira porter la vertèbre au poste de police. Il informera les inspecteurs de l'endroit où cet os a été découvert et du fait que nous continuons les recherches. Ce sera à eux de décider s'ils envoient la vertèbre à un laboratoire pour l'identifier ou s'ils attendent que nous ayons trouvé autre chose. Tout le monde est d'accord ?

Personne ne s'oppose.

— En partant tout de suite après la baignade, poursuit-il, je pourrai probablement arriver au poste de police demain dans la journée.

— Moi, je suis certaine de réussir à m'y rendre avant ce soir, lance Lucie avec défi.

L'inspecteur la regarde en souriant :

— Je le crois aussi, mais je n'aurais pas osé t'imposer cette tâche. Dans les circonstances, si Sylvain n'a pas d'objection, on s'occupera du groupe pendant ton absence, lui et moi.

Sylvain paraît indifférent à la question. L'inspecteur Paquette remet la vertèbre à la monitrice. Ne pouvant retenir un air hautain, elle laisse tomber le petit os dans la poche de sa veste et tourne les talons.

Les bagages de Lucie reposent déjà au fond d'un des canots lorsque le groupe s'adonne à la baignade obligatoire du matin. Elle ronchonne un peu, elle aurait préféré partir plus tôt, mais sa présence est nécessaire pendant que les jeunes sont à l'eau. Après tout, elle est de loin la plus qualifiée des trois en secourisme.

***

Au milieu d'un amoncellement de caisses, de seaux et de bonbonnes de gaz, Richard Plante savoure un whisky. Tout en se balançant sur sa chaise de camping, il manipule le bouton de la radio du bout des doigts. En vain puisque la tempête ne laisse passer que des grésillements.

Déçu, il laisse l'appareil de côté et se verse un second verre. Il préfère la bière, mais il n'aurait pu emmener ici la quantité suffisante pour tenir pendant les quatre mois qu'il se prépare à vivre au fond de la grotte. Il aurait fallu trop d'allers-retours de la ville à la caverne. Autant d'occasions d'éveiller les soupçons. Il se contentera du whisky.

Cette grotte, il en est certain, personne d'autre que lui ne la connaît. Il l'a découverte en y tombant par hasard au cours d'un de ses nombreux voyages de chasse. Par la suite, chaque fois qu'il en avait l'occasion, il venait faire un tour, le temps de déposer le matériel nécessaire à la préparation de son projet. Du whisky bien sûr, mais aussi de la nourriture déshydratée, des boîtes de conserves, des bonbonnes de gaz, des sacs de couchage, des vêtements, un poste de radio, un minuscule téléviseur, beaucoup de piles et tout l'équipement de survie. Le refuge lui offre un confort plus que satisfaisant.

Verre à la main, il vérifie l'état des lieux et du matériel qu'il a entreposé ici. Tout semble intact, y compris ses livres et sa carabine. Il n'a apporté qu'une petite quantité de munitions puisqu'il ne peut prendre le risque de se faire repérer en chassant. D'ailleurs il devra éviter de sortir de la grotte pendant ces quelques mois. Il a tout prévu : des toiles pour conserver la chaleur, une réserve d'eau potable, etc. Pendant son séjour, il n'allumera aucun feu de bois non plus, la fumée pourrait le trahir. Ainsi dans quatre mois, ou peut-être seulement trois, il pourra quitter les lieux. À ce moment, on ne le recherchera plus et, avec son butin, il remontera la rivière dans son canot, comme le ferait un simple amateur de plein air. Ensuite, à lui la grande vie !

Explosion de colère

Lucie partie, le groupe respire de soulagement. Même l'inspecteur Paquette qui se fait un devoir de cacher son exaspération face à la monitrice. C'est au point où personne ne rouspète quand l'inspecteur et Sylvain servent les macaronis au fromage pour le dîner. Tous n'ont en tête que l'excitante recherche possible. Et, pour le moment, ils n'ont plus à subir la sombre présence de Lucie.

Un bonheur est souvent bref. Moins d'une heure plus tard, voilà que la monitrice est déjà de retour. Tout en halant son canot sur la rive, elle semble se parler à elle-même avec colère. La minute d'après, Audrée, dont on allait remplir l'assiette, se fait bousculer par la monitrice qui s'arrête à cinq centimètres du visage du lieutenant Paquette. Après quelques secondes de silence, pour augmenter l'effet dramatique, elle pointe un index accusateur :

— Quelqu'un a volé la vertèbre dans ma veste, rugit-elle, sûrement pendant que je surveillais la baignade. Et j'ai ma petite idée sur...

Elle n'a pas le temps de terminer sa phrase. Les gens les plus doux, ceux qui semblent ne jamais pouvoir se mettre en colère, sont parfois les plus impressionnants quand ils se fâchent. La réaction de l'inspecteur Paquette est dévastatrice.

Il hurle, il gesticule de façon désordonnée. Tous se figent. Mademoiselle Lucie est incapable de réagir aux accusations d'incompétence, à l'étiquette de « tête-en-l'air » à qui l'on ne peut rien confier et qui cherche à faire accuser les autres de ses erreurs. L'homme en est encore à vociférer, à clamer qu'il n'en peut plus de son attitude déplaisante lorsque, exaspérée et humiliée, elle s'enfuit en pleurant pour se réfugier dans sa tente.

Nicolas, bouche bée comme les autres, observe l'inspecteur, ce qui n'est pas très élégant puisqu'il a la bouche pleine. Le policier continue à bouger frénétiquement et à crier en direction de la tente de Lucie. Puis à son tour, il rentre dans sa propre tente. Nicolas n'ose pas applaudir, mais il échange un large sourire avec sa sœur et avale finalement sa bouchée.

Un lourd silence règne encore lorsque l'inspecteur sort la tête par l'ouverture de la tente :

— Puisqu'il n'y a plus de vertèbre, dit-il le plus calmement possible, il serait ridicule d'en parler aux policiers pour l'instant. Nous commencerons les recherches dès demain matin. Et qu'on ne me dérange pas d'ici là !

***

Richard Plante entame la troisième semaine de survie dans sa cachette et il n'en peut déjà plus. La réception de la télévision est trop mauvaise. Vaut mieux s'en passer. C'est donc le poste de radio qui épuise sa réserve de piles. On ne parle plus de son crime. Rien n'indique cependant que les recherches ont été complètement abandonnées. Ce serait étonnant d'ailleurs, compte tenu de l'importance de son butin qui s'élève à 807 280 $, ce qui n'est pas mal pour un coup accompli seul, sans aucun complice. L'argent se trouve encore dans le sac à dos, lui-même entreposé dans un coffre de métal.

En plus de recompter son magot et d'écouter des messages publicitaires entrecoupés d'un peu de musique, Richard consacre son temps à sa réelle passion, la lecture. Il se rend compte maintenant qu'il n'a pas apporté suffisamment de livres pour la durée de son séjour. Au rythme actuel, il les aura tous terminés d'ici peu.

À ces irritants, s'en ajoute un autre de taille : la présence des mulots. Sans aucune gêne, les rongeurs profitent de la moindre distraction pour lui chiper sa nourriture. La nuit, il les entend courir partout dans la grotte. Ils sont sans doute moins d'une douzaine, mais à les entendre, on croirait qu'il s'agit d'une armée. Richard pensait avoir tout prévu. Pourtant, les trappes à souris ne faisaient pas partie de sa liste. Les pièges rudimentaires qu'il a fabriqués pour attraper les intrus se révèlent inefficaces. Et il n'est évidemment pas question d'utiliser une arme à feu pour les éliminer. Beaucoup trop risqué.

Une découverte n'attend pas l'autre

La chasse aux ossements commence très tôt ce matin, sans Lucie, restée terrée dans sa tente. L'inspecteur Paquette ne commente pas l'incident de la veille. Sylvain l'aide à organiser les recherches sans cesser de sourire, comme à son habitude.

La battue suit le tracé sinueux de la rivière, explorant à la fois le cours d'eau et les bois qui le bordent. Elle débute à l'endroit où l'on a découvert la vertèbre.

Formant une seule ligne, les garçons et les filles, distancés de deux mètres sur leur gauche et sur leur droite, avancent au même rythme. Certains devant se déplacer péniblement dans la forêt, Nicolas apprécie sa chance d'être affecté à la rivière. C'est grâce à Audrée qui s'est empressée de prendre place dans l'eau, en l'entraînant par le bras. Elle a aussi fait signe à Laurence et à Élodie de la suivre.

Immergés parfois jusqu'au nombril, ils progressent, pieds nus, espérant découvrir d'autres ossements ou un indice quelconque. Audrée pense aux discours assommants, répétés si souvent, sur la nécessité d'être méthodique. Elle doit bientôt admettre que l'inspecteur Paquette a raison. Soudain, elle aperçoit ce qui semble être une autre vertèbre au fond de l'eau.

— Inspecteur ! Regardez ! lance Audrée, triomphante, exhibant sa découverte.

— N'avancez plus ! Ne touchez à rien ! leur crie l'homme.

Excité comme un enfant sous le sapin de Noël, le lieutenant Paquette court jusqu'au bout d'os, éclaboussant tout sur son passage. Il examine l'objet, une vertèbre en effet, pendant quelques instants, puis la dépose dans le sac qu'il porte en bandoulière. Plus question de confier ce genre de trouvaille à qui que ce soit.

— Soyez encore plus attentifs maintenant, recommande-t-il. Ouvrez l'œil. À mon avis, nous devons être près du but.

À son ordre, la patrouille reprend, chacun contenant avec peine son excitation. Quelques mètres plus loin, nouvel arrêt.

— J'ai trouvé quelque chose ! Enfin, je crois...

C'est Geneviève, cette fois, qui s'est écriée. Une fille gentille, mais qui a un double défaut : ronfler et être la première à s'endormir. De nouveau, le lieutenant fend l'eau jusqu'à elle. Il inspecte un bref moment la nouvelle vertèbre et l'envoie rejoindre l'autre dans son sac. Il donne ensuite le signal de reprendre la marche.

À l'heure du dîner, quatre petits ossements ont été cueillis, trois vertèbres et ce qui pourrait être l'os d'un doigt humain.

— Montrez-nous les os !

— Oui. Moi non plus, je ne les ai pas vus !

— D'accord, d'accord, répond l'inspecteur aux deux rouquins. Voilà !

Comme s'il s'agissait de précieux diamants, il étale les bouts d'os sur son sac, ne laissant personne les toucher ni même s'en approcher. Son enthousiasme et son excellente humeur sont contagieux. Le groupe ne pense qu'à écourter le repas et à poursuivre les recherches. Seul Nicolas semble songeur.

— Qu'est-ce que tu as ? s'inquiète Audrée en le regardant soulever un coin de son sandwich.

— Rien. Je voulais juste m'assurer qu'ils n'avaient pas mis de pâtes alimentaires dans mon sandwich.

***

Un autre coup de feu qui n'atteint pas sa cible. Richard se doute bien que le whisky y est pour quelque chose. Deux mois se sont écoulés depuis qu'il s'est volontairement enfermé dans ce trou à rats, ou plutôt à mulots. Les petits rongeurs se sont multipliés depuis son arrivée. Cette nuit, ils ont encore interrompu son sommeil en courant sur lui.

Pistolet à la main, il épuise ses munitions à tenter d'éliminer les coupables.

Il aurait dû y voir dès le début, maintenant les mulots ont envahi la place. Le chargeur du pistolet est vide. Néanmoins, Richard est soulagé, aucun rongeur en vue. C'est le bruit des détonations qui les a fait fuir plutôt que les projectiles eux-mêmes.

Empoignant son verre pour y verser le whisky de la victoire, il est interrompu par le retour d'un mulot à quelques pas de lui… Le verre qui éclate près de l'intrus suffit à le faire déguerpir et à ramener le calme. Peu après, la peur vite oubliée, les mulots envahissent de nouveau les lieux.

Espionnage dans la forêt

À la fin de l'après-midi, la découverte majeure, tant espérée, a enfin lieu. Deux autres petits ossements ont été trouvés dans un ruisseau, à sec en cette époque de l'année, mais qui se déverse habituellement dans la rivière. Le petit cours d'eau longe une falaise jusqu'à un endroit peuplé de bouleaux. Là, les deux rouquins crient à l'unisson :

— Il y en a plein ici, Monsieur Paquette ! Venez !

Arrivée la première, Audrée a tout juste le temps d'apercevoir cinq ou six ossements de forme diverse, coincés entre les pierres. Elle se fait repousser comme les autres par l'inspecteur.

— Reculez tous ! ordonne l'inspecteur. Vous risquez d'abîmer des indices majeurs.

Même au printemps, pendant la fonte des neiges, quand il y avait de l'eau, ces ossements ont dû rester bloqués, explique Audrée au lieutenant.

— Bien raisonné, déclare-t-il.

— Et ceux que nous avons retrouvés dans la rivière ont sûrement été déplacés par le courant.

— Heureusement, sinon nous n'aurions probablement jamais découvert ceux-ci.

L'inspecteur semble un peu déçu de ne pas avoir pu exposer lui-même au groupe cette hypothèse.

— Selon moi, continue Audrée, c'est en remontant ce ruisseau à sec que nous allons trouver ce que nous cherchons. Allons-y !

— Un moment, Mademoiselle, intervient l'inspecteur en la retenant par l'épaule. J'admire ton esprit de déduction, mais maintenant, toi et les autres, vous allez retourner aux tentes avec Sylvain. Il se fait tard. Vous avez une longue route à faire et il faut penser à aller souper. Partez. Moi, je reste encore un peu.

L'opposition du groupe est unanime.

— Non ! ce n'est pas juste. On a fait tout le travail et maintenant vous voulez vous débarrasser de nous !

— Non, les amis. Il faut que vous compreniez, ce n'est plus un jeu. Nous ne savons pas ce que nous allons trouver ici. S'il y a des indices, il ne faut pas risquer de les détruire en les piétinant. Peut-être s'agit-il d'élucider un meurtre. Encore une fois, il ne faut pas risquer de tout saccager par notre empressement. Je ne le répéterai jamais assez, une enquête sérieuse nécessite de la patience et de la méthode.

Maugréant contre la décision de l'inspecteur, les campeurs repartent en longeant la rivière, le laissant à ses recherches. La fatigue et la déception se lisent sur les visages. Seul Sylvain sourit en pensant aux fettuccinis sauce Alfredo prévus pour le souper.

— Audrée ?

— Quoi ?

— Je vais rester un peu pour espionner l'inspecteur Paquette pendant qu'il se croit seul.

— Tu es fou, Nicolas ! Tu vas te faire prendre.

— Je ne suis pas seulement bon pour le soccer et les jeux vidéo, tu sais. Tu m'as répété cent fois que je dois essayer des choses nouvelles de temps en temps. C'est ce que je fais.

— Ce n'est pas ce que…

— Allez, fais-moi confiance. Je me contenterai de dix ou quinze minutes, pas plus.

Les autres ne doivent pas remarquer ton absence. Fais ça vite et rejoins-moi dès que tu le pourras. Et ne te fais pas prendre. Et…

Ça va. Ça va. Le pire qui pourrait m'arriver, c'est probablement d'être privé de souper. Encore des pâtes ! Ça ne m'énerve pas vraiment. À tantôt.

Audrée se remet à marcher à la traîne du groupe. Nicolas suit, de plus en plus loin, derrière. Profitant d'un coude de la rivière qui le cache de la vue des autres, il rebrousse chemin. Une excuse toute prête au cas où l'inspecteur Paquette le verrait arriver : il prétendrait qu'il a perdu son canif. Le garçon se fait de plus en plus silencieux et avance à pas lents parmi les fougères du sous-bois.

Audrée se rapproche des autres vacanciers, espérant se fondre dans le groupe. Sans son petit frère, on la remarque tout de suite, comme un visage ne possédant qu'un seul œil.

— Nicolas n'est pas avec toi ? demande Sylvain.

— Euh… non. Il est allé au petit coin.

— Bon, nous allons l'attendre. Tu crois que ça va être long ?

— Oh, non. Pas la peine de s'arrêter. Il va nous rejoindre rapidement. Il court vite d'ailleurs. Continuez, je vais l'attendre et on vous rattrape.

Une quinzaine de minutes plus tard, Sylvain, inquiet, arrête le groupe pour une pause, avec interdiction de poursuivre la route ou de se baigner. Il rejoint Audrée de nouveau. Cette fois, il ne sourit pas comme d'habitude.

— Qu'est-ce qui se passe ? s'enquiert-il. Nicolas n'est pas encore de retour ?

— Non et je commence à m'inquiéter, admet-elle sincèrement.

— Va rejoindre les autres, lui ordonne le moniteur en retournant vers l'endroit où il a laissé l'inspecteur.

CAMP
BiKOCHi

Audrée ne rejoint pas le groupe. Sylvain doit crier le nom du jeune campeur à trois reprises avant que Nicolas apparaisse, courant et haletant. Il ne semble pas être poursuivi, ce qui rassure sa sœur. Pendant qu'il reprend son souffle, Audrée lance :

— Tu étais constipé ou quoi ! On t'attend depuis presque une demi-heure.

— Oui, j'étais constipé, réplique Nicolas, marchant sur son orgueil. Maintenant que je suis là, on peut continuer.

Sûrement un effet des sandwichs de ce midi, explique Sylvain. Ça ne serait pas arrivé avec un plat de pâtes.

***

Aucun verre n'ayant survécu à la guerre contre les mulots, Richard boit à même la bouteille. Il se prépare à déguster une chaudrée de palourdes. Cette fois, il va se l'offrir dans un bol plutôt que dans la boîte de conserve comme il le fait très souvent. Pendant que le mets refroidit un peu, il en profite pour empiler, à la droite de son assiette, sa réserve de cailloux destinés à faire fuir les mulots. Il court aussi jusqu'à son lit de camp en tentant, sans succès, d'écraser quelques intrus, pour y récupérer un livre. Il en a presque terminé la lecture. C'est le meilleur moment de l'histoire, le dénouement, il va enfin savoir qui est le coupable…

Dès qu'il approche du lit de camp, des dizaines de mulots s'en échappent, comme d'habitude. Ils sortent de son sac de couchage, de son oreiller, de ses vêtements. Trois d'entre eux sont demeurés là, continuant tranquillement à vaquer à leurs occupations, trois rongeurs qui le narguent en grignotant les pages de son précieux livre. C'est plus qu'il ne peut en supporter. Il court à la table récupérer les munitions.

Son arrivée brusque chasse les quelques téméraires qui ont profité de sa brève absence pour saisir l'aubaine et laper la chaudrée.

Le cri de rage de Richard dérange à peine les indésirables qui l'entourent de partout. Peu lui importe, il va d'abord régler le cas de celui qui est trop gourmand pour fuir. Les autres ne perdent rien pour attendre.

On arrête tout !

Le dernier repas de la journée est terminé depuis longtemps, la vaisselle lavée et rangée. Nicolas n'a pas encore réussi à confier à sa sœur le résultat de son enquête. À chaque occasion qui se présente, quelqu'un est trop près d'eux, car le moniteur ne laisse plus personne s'éloigner. En effet, depuis que Lucie ne sort plus de sa tente, il est seul à surveiller son petit monde et il ne veut pas courir le moindre risque.

Le lieutenant Paquette arrive enfin, au soulagement de Sylvain. L'expression de son visage n'annonce rien de bon.

— Les enfants, j'ai une mauvaise nouvelle.

Il n'a jamais tant capté leur attention en si peu de mots.

— J'ai cherché longtemps, poursuit-il. J'ai finalement trouvé ce qui restait du squelette duquel proviennent ces ossements. C'est un bébé orignal, mort dans le ruisseau à sec, beaucoup plus en amont. On ne perdra plus de temps dans cette enquête. Demain matin, nous remballons tout et nous irons terminer votre entraînement au camp Bikochi.

Évidemment tout le monde est déçu, mais personne ne s'oppose au retour. La plupart des jeunes en ont assez des maringouins et des mouches noires. Le camp Bikochi est tout de même plus confortable.

— N'ayez pas l'air si contrarié. Vous avez appris beaucoup pendant ces quelques jours, probablement plus que tous ceux qui sont venus à ce camp avant vous. Il reste encore beaucoup d'autres aspects de la profession d'enquêteur à connaître. Dans les prochains jours, nous entreprendrons l'ABC des techniques d'espionnage. Nous allons aussi apprendre à utiliser les matraques de type tonfa. Il faudra voir également la prise des empreintes digitales sur les lieux d'un crime et bien d'autres choses encore.

La déception passée, la recherche d'un squelette n'intéresse déjà plus personne. Tous se rabattent maintenant sur les promesses de l'inspecteur. Ses paroles semblent même redonner un peu d'enthousiasme.

L'heure du coucher approche. Craignant de ne pouvoir parler avant le retour forcé dans les tentes, Nicolas fait une tentative.

— Sylvain ?

— Oui, mon grand, qu'est-ce que je peux faire pour toi ?

Il a retrouvé son sourire, c'est encourageant.

— Il reste une bonne heure et demie avant le couvre-feu, n'est-ce pas ?

— Une heure quarante exactement. Pourquoi ?

— J'irais cueillir des framboises avec ma sœur, juste là, derrière les tentes. Il y en a plein. On ne mettra pas longtemps à remplir un plat.

— Je ne sais pas… à cette heure, vous pourriez vous perdre.

— On sera de retour dans une demi-heure, c'est promis et on ne s'éloignera pas, ajoute Audrée, qui vient de se joindre à la conversation.

Son sourire complice fait comprendre à Nicolas qu'elle apprécie son initiative.

— Et Audrée veut t'en ramener un plat, ajoute Nicolas. Alors, tu acceptes ?

Le sourire de la sœur, complice ou pas, vient de disparaître.

— Bon, c'est d'accord, dit le moniteur. Soyez de retour dans une demi-heure, c'est bien compris ?

— Aucun problème. Merci. Viens, Audrée, ne perdons pas de temps, allons chercher des bols.

Dès qu'ils s'éloignent un peu, Audrée grogne:

— N'oublie pas d'en ramasser pour Sylvain puisque tu l'as promis !

— Oui, bien sûr, pour le beau Sylvain, ironise son frère.

L'expression autoritaire de la jeune fille le fait aussitôt changer de sujet. Il s'affaire à sa récolte à toute vitesse.

— Je ne suis pas certain que l'inspecteur Paquette ait vraiment trouvé un squelette d'orignal comme il le prétend, commence Nicolas. Je ne suis pas resté assez longtemps pour le voir, mais…

— Mais ?

— Il a trouvé quelque chose dont il n'a pas parlé. Une bague.

— Vraiment ?

— Je l'ai vu se pencher pour ramasser un objet le long de la falaise. Ensuite il l'a frotté et il l'a tenu devant lui pour l'examiner. Ça brillait.

— Il pouvait s'agir d'autre chose qu'une bague. Comment peux-tu en être aussi certain ?

— Parce qu'après, il l'a glissée à un doigt de sa main droite. Au campement, tout à l'heure, je l'ai observé pendant qu'il nous parlait. Il avait une grosse bague en or dans l'auriculaire de la main droite. Et ce n'est pas tout.

— Quoi d'autre ? s'impatiente Audrée.

— Pendant tout le temps où je l'ai observé, il n'a pas remonté le ruisseau à sec. Il a plutôt exploré le bas de la falaise. C'est là qu'il a trouvé la bague. Puis il a escaladé cette falaise et une fois en haut, il semblait chercher quelque chose de précis, il tassait les fougères et les arbustes pour examiner le sol.

— Et là ?

— Et là, j'ai entendu Sylvain m'appeler et j'ai dû aller vous rejoindre. Toi et le beau...

Audrée le fait taire d'un regard. Nicolas accélère la cueillette des framboises.

— Nico, il faut absolument qu'on explore cet endroit à notre tour. Ça nous permettrait de comprendre et peut-être de trouver ce que l'inspecteur cherchait, s'il ne l'a pas déjà trouvé.

— Nous repartons demain matin, je te rappelle. Mon petit doigt me dit qu'il veut tous nous éloigner au plus vite avant de revenir plus tard, sans témoin.

— Je me demande bien ce qu'on peut faire. Tu le sais, toi ? Nous n'aurons jamais l'occasion de revenir ici.

— J'aurais une solution, Audrée. Si on doit agir, c'est maintenant ou jamais. Le moniteur sait qu'on est allé cueillir des framboises. On pourrait partir immédiatement pour aller examiner les lieux, les autres nous croiront perdus.

Audrée soupire. Elle hésite.

— Aussitôt que nous aurons trouvé ce que nous cherchons, poursuit Nicolas, nous reviendrons près d'ici et nous laisserons les autres nous trouver. Ça te va ?

— Je n'aime pas trop l'idée de faire croire à notre disparition. Certains vont s'inquiéter, à commencer par le moniteur, qui va regretter amèrement de nous avoir autorisés à cueillir des framboises. Je ne sais pas vraiment, Nico.

— Oui bien sûr, le beau Sylvain... Alors faisons un autre plan. Nous revenons tout de suite au campement, tu donnes ses framboises au moniteur et nous allons nous coucher.

— C'est ça, ton plan ?

— Attends, Audrée, je n'ai pas terminé. Quand nous serons dans nos tentes, tu annonceras à Laurence et à Élodie que nous avons trouvé beaucoup de framboises et que nous y retournons tous les deux en cachette pour en cueillir encore. Je raconterai la même histoire aux gars de ma tente. Personne ne nous dénoncera, j'en suis sûr. Ça nous permettra de prendre nos lampes de poche et les responsables seront mis au courant de notre disparition seulement demain matin, si nous ne sommes pas de retour. C'est mieux comme idée ?

— Tu es génial, petit frère ! s'exclame Audrée, excitée. Tu vois bien que tu n'es pas seulement bon au soccer et aux jeux vidéo. Tu en as là-dedans. Bon, j'ai un peu peur, mais je suis prête.

Mettant encore une fois son orgueil de côté, Nicolas avoue à son tour :

— Moi aussi, j'ai peur. Mais si tu viens avec moi, je le fais. Et j'ai une autre idée encore aussi géniale.

— Vas-y, dis-moi.

— Si tu utilisais moins de chasse-moustiques, tu réussirais peut-être à l'attirer, ton beau Sylvain ! lui lance-t-il avant de filer vers les tentes.

***

Le bol de soupe éclate sous le choc de la pierre lancée. Indemne, bien que trempé de chaudrée visqueuse, le mulot se réfugie dans un des couloirs au fond de la caverne.

Richard Plante bourre ses poches de cailloux, empoigne la lampe et se jette à sa suite. Le rongeur est facilement identifiable parmi les autres qui courent en tous sens. C'est celui qui est tout humide et de couleur « chaudrée de palourdes ».

Chaque fois qu'il aperçoit son mulot dans le tunnel, Richard lui jette un projectile. Par moment, il doit ramper dans ces conduits boueux qu'il connaît par cœur, mais il n'abandonne pas. Il parvient à une salle un peu plus grande.

Juste à temps pour voir l'animal déguerpir dans un autre conduit, le dernier, celui qui donne sur un gouffre. Pas d'autre issue possible. Cette fois, la bête est à sa merci.

Sur les traces de l'inspecteur

Courir la nuit le long de la rivière est assez facile. La lueur de la lune permet de discerner les obstacles, et les déserteurs peuvent s'aider de leur lampe de poche à l'occasion. Par moment, il faut passer dans l'eau, mais le plus souvent la rive est praticable. Après une longue course entrecoupée de pauses, Audrée et Nicolas parviennent enfin au ruisseau où les ossements et la bague ont été découverts.

— C'est bien ici, je reconnais l'endroit, observe Audrée en éclairant tout autour les bouleaux et le ruisseau à sec.

— Oui, approuve son frère. C'est là, à droite, dans ces fougères que je me suis caché pour espionner.

Audrée ramène le faisceau de sa lampe dans le lit du ruisseau asséché.

— Qu'est-ce que le lieutenant Paquette pouvait bien chercher, selon toi, Nico ? Il faudrait peut-être commencer par remonter le ruisseau et vérifier qu'il y a bien un squelette de bébé orignal comme il le prétend, mais je pense que nous perdrions notre temps.

À son tour, Nicolas oriente le faisceau de sa lampe en direction de la falaise.

— L'inspecteur a observé longtemps cet endroit, il y revenait souvent.

Pendant plusieurs minutes, la lueur des deux lampes se déplace sur le mur de la falaise envahi de végétation. De longues minutes de silence, puis le visage d'Audrée s'éclaire.

— Je crois que j'ai compris. Les ossements ne sont pas arrivés par le ruisseau. Ils sont tombés ici en passant par cette fissure dans le mur de la falaise. Regarde. Tu la vois ?

Au-dessus de l'emplacement approximatif où reposait la bague, Audrée illumine une faille d'à peine cinq centimètres à l'endroit le plus évasé, et d'une vingtaine de centimètres en hauteur. Même avec la lampe, ils ne voient pas ce qu'il y a à l'intérieur.

— S'il y a un squelette de l'autre côté de ce trou, seuls les plus petits os peuvent passer. C'est logique.

— Excellente déduction, ma chère Audrée Watson ! rigole Nicolas.

— Et je suis convaincue qu'avec la fonte des neiges au printemps, l'eau doit gicler de ce trou avec beaucoup de force.

— Nicolas range sa lampe dans la poche de son pantalon.

— Si cette fissure indique une caverne, observe-t-il, on devrait trouver une entrée quelque part. Une caverne, oui, c'est ça ! C'est ce que devait chercher l'inspecteur.

Nicolas entreprend l'escalade de la paroi. Audrée est impressionnée par son cadet. Quelques jours plus tôt, il n'aurait pas démontré une telle assurance. Elle le connaît bien, son frère : il est intelligent et a beaucoup de talents, mais il doute de lui-même. Jusqu'à présent, au moindre risque d'échec, il ne prenait jamais la peine d'essayer. Cette fois, il fonce.

— Audrée, tu m'accompagnes ?

— Oui, j'arrive.

***

Le caillou a ricoché si près du mulot que Richard Plante a cru un instant l'avoir atteint. Mais non, la bestiole court encore. Une autre pierre. Et une autre encore. Même s'il ne parvient pas à l'atteindre, le chasseur pense que le rongeur finira par tomber dans le gouffre à force de courir et de sauter ainsi dans toutes les directions.

Richard constate qu'il vient de lancer son dernier projectile. Haletant, il ne quitte pas l'animal des yeux. Celui-ci ne bouge pas non plus, prisonnier du faisceau de la lampe.

Lentement, Richard se déplace de quelques pas vers la droite avec l'intention de saisir une des rares munitions qui ne soit pas tombée dans le gouffre après avoir raté la cible. L'animal demeure toujours immobile dans le halo. En tâtonnant, le voleur touche une pierre et sa main se referme sur elle. C'est ce moment que choisit l'horrible bête pour tenter sa chance en s'élançant vers la sortie.

Richard lance le projectile qui éclate devant le mulot. Celui-ci hésite une fraction de seconde avant de repartir. Hésitation suffisante pour permettre à Richard de se jeter sur lui et de le saisir. L'animal tente de se libérer. Il y arrive presque. Richard ne le tient plus que par une patte et par la queue. Enragé, il laisse tomber sa lampe, puis se laisse rouler sur le dos, de façon à ne plus être gêné dans ses mouvements pour pouvoir enfin écraser la bête.

Tout se passe très vite. Sauf la chute dans le gouffre qui lui semble interminable. Il en avait déjà mesuré la profondeur à l'aide d'une corde : quatorze mètres et demi exactement. Il a peur, bien sûr, mais il ne souffre pas vraiment. Le rongeur, indemne, se dégage des mains inertes de son geôlier et court sur la pierre, puis sur la glace en direction d'une faible lueur droit devant lui, une fissure dans le mur. Mû par son instinct de survie, il se retrouve à l'extérieur en se faufilant par cette faille étroite. Cette même faille que l'inspecteur Paquette, Audrée et Nicolas découvrent quatre années plus tard.

Mystère sous la surface

La montre de Nicolas indique 8 heures 5 minutes. Sa sœur et lui ont exploré la forêt pendant toute la nuit. Ils cherchent maintenant sur l'autre flanc du mont Brûlé, près d'un petit cours d'eau qui se jette dans la rivière Octave. La fatigue les envahit. Pourtant, depuis le lever du jour, tout devient plus facile.

Le frère et la sœur avancent sur le terrain, de façon méthodique comme le leur a enseigné l'inspecteur, laissant une distance de trois mètres entre eux. Soudain, Nicolas se tourne vers Audrée. Il constate avec désarroi qu'elle a disparu.

— Ça va, je ne me suis pas fait mal, pas trop, dit-elle, l'instant d'après.

— Où es-tu, Audrée ?

— Fais attention, Nicolas, on ne voit pas le trou à cause de la mousse et des arbustes. Je crois qu'on est sur la bonne piste.

Avec précaution, le garçon descend la rejoindre. La lampe de poche de sa sœur n'a pas résisté à la chute. Nicolas éclaire la scène. Audrée est appuyée contre une motoneige sur laquelle elle a atterri. Autour d'elle traînent de nombreux contenants de toutes sortes, la plupart vides. Un nombre impressionnant de boîtes de conserves, vides également, est accumulé dans un coin. Un canot, reposant à l'envers sur le sol, se trouve dans la même partie de la caverne.

— La grotte se prolonge par là, dit Nicolas en éclairant le fond de la salle.

Cette nouvelle salle est encore plus surprenante et contient des amoncellements de caisses et d'autres contenants, certains ouverts, d'autres intacts. Ils découvrent une table, une chaise, un lit de camp et beaucoup d'autres objets.

— La galerie ne mène pas bien loin, elle se rétrécit après quelques mètres seulement, constate Nicolas en ressortant de l'endroit.

Audrée, qui l'attend dans la pénombre, lui fait signe d'éclairer sur sa droite.

— J'ai l'intuition que c'est peut-être dans ce passage que se trouve le squelette.

— Pourquoi l'inspecteur Paquette cherche-t-il à nous cacher tout ça ? s'interroge Nicolas à haute voix. Peut-être veut-il tout simplement s'attribuer le mérite de la découverte ?... Non, j'en doute, ça doit être autre chose. Qu'est-ce que tu en penses, toi ?

Audrée réfléchit un instant.

— Il y a certainement anguille sous roche, comme on dit, répond-elle. Pour le moment, ça reste un mystère. On en saura plus quand on aura exploré ce tunnel, sinon on reviendra ici et on examinera les deux salles de fond en comble.

— Il nous faudrait bien une journée entière pour tout vérifier. Comment allons-nous faire?

— Vous n'aurez à rien faire du tout, rétorque une voix familière.

Cherchez la sortie !

L'inspecteur Paquette jette au même moment sur eux le puissant faisceau d'une lampe de poche.

— Vous avez réussi à compléter le jeu. Vous êtes vraiment doués, tous les deux.

Audrée peut lire la peur sur le visage de son frère. Elle non plus n'est guère rassurée, même si elle tente de le cacher.

— Oh non ! ne craignez rien, reprend l'inspecteur qui devine leur angoisse. Vous n'avez pas compris. Tout ça fait partie du jeu. Lucie et Sylvain sont dans le coup eux aussi, la petite chicane entre

Lucie et moi, tout ça, c'était de la mise en scène. Pour rendre le jeu plus excitant. Chaque année, on reprend le même scénario, mais jusqu'à maintenant, vous êtes les meilleurs.

Audrée et Nicolas se taisent.

— Bon, maintenant, reprend le lieutenant, il faudrait y aller. Vos compagnons effectuent une battue pour vous retrouver. Ça ne serait pas gentil de les laisser chercher plus longtemps.

Voulant les rassurer, il retourne le faisceau de la lampe vers lui pour leur montrer son sourire. Du même coup, sans le vouloir, il éclaire brièvement sa main droite recouverte d'un gant de latex. Il s'empresse de la cacher derrière lui. Audrée et son frère esquissent un mouvement de recul. Ils cherchent une façon de fuir, comme le constate l'inspecteur.

— Ça va. Je vois que vous ne me croyez pas, soupire-t-il. Le problème, c'est que je ne peux vraiment pas perdre de temps avec vous deux. Attrape ça, mon gars.

Ébloui par la lampe du policier, Nicolas saisit de justesse la paire de menottes qu'on lui lance au visage.

— Attachez-vous ensemble par le poignet, ordonne-t-il en sortant son revolver de l'étui. Et plus vite que ça, sinon je fais sauter les orteils de ta sœur !

Un projectile ricoche aussitôt à quelques centimètres des pieds d'Audrée, Nicolas s'empresse de se menotter un poignet et laisse Audrée se menotter à son tour.

— Maintenant, vous allez passer devant moi. On sort d'ici... attendez un peu.

L'inspecteur baisse les yeux au sol afin de chercher la douille éjectée de son revolver. Ses battements de cœur s'accélèrent brusquement quand il se rend compte que le sol est couvert de douilles.

Pas du même calibre que son revolver, mais suffisamment semblables pour compliquer les choses.

— Ne bougez pas de là, vous deux ! crie-t-il. Pas avant que je vous le dise. Éclairez-vous avec votre lampe pour que je puisse bien vous voir.

L'homme pose un genou par terre et gratte le sol de la main, déplaçant ainsi de nombreuses douilles qui s'entrechoquent.

— Avez-vous l'intention de nous tuer ? demande Audrée, terrifiée.

Le policier ne répond pas.

— Si vous vouliez nous tuer, vous le feriez ici, insiste-t-elle.

Le lieutenant sent la nervosité le gagner. Il doit absolument retrouver cette douille. Il ne peut laisser le moindre indice de son passage. Grâce à ses gants de latex, il ne laissera pas d’empreintes, mais cette fichue douille, il la veut !

— Laissez-nous partir, on ne dira rien, implore Audrée. Si vous nous tuez, vous risquez bien plus de problèmes qu'en...

— Vas-tu te taire ! Qu'est-ce qui arriverait, penses-tu, si on découvrait vos deux petits cadavres criblés de balles ? Que des ennuis ! Vous êtes perdus en forêt, je te rappelle. Je te croyais plus brillante que ça. Maintenant plus un mot !

Les idées se bousculent dans la tête d'Audrée. Elle et son frère ont tout prévu pour faire croire qu'ils se sont égarés en forêt. L'inspecteur va profiter de ce leurre, c'est certain. Si on les retrouve des semaines ou des mois plus tard, morts dans les bois ou noyés, l'inspecteur Paquette ne risquera plus rien.

Audrée sent que Nicolas tire doucement, mais fermement, sur la chaîne des menottes. Le regard de son frère lui confirme qu'il s'agit d'une manœuvre.

L'inspecteur, en sueur, continue à chercher la douille, pistolet à la main.

— Il ne faut surtout pas le suivre, chuchote Nicolas à l'oreille de sa sœur. Peut-être que le passage derrière nous mène vers une autre sortie. Il vaut mieux tenter notre chance de ce côté.

Poursuite sous terre

Sans lui laisser le temps de réfléchir, Nicolas entraîne sa sœur dans le tunnel. Avec sa lampe, il éclaire le parcours tandis qu'Audrée, derrière lui, tente d'éviter de se cogner aux parois. Le juron que vient d'émettre l'inspecteur, en constatant qu'ils ne sont plus là, les incite à accélérer. Audrée saisit la main de son frère pour éviter la douleur au poignet que labourent les menottes. Ils doivent maintenant courir pliés en deux, la paroi au-dessus d'eux s'abaissant. Une courbe dans la galerie les cache temporairement de la vue du policier qui se lance à leur poursuite. Il progresse plus lentement qu'eux. À cause de sa grandeur, il doit se déplacer à quatre pattes.

— Petits morveux ! C'est fini, oui ? Revenez ici tout de suite ! hurle-t-il.

Pour seule réponse, l'inspecteur reçoit une pierre de bonne taille sur l'avant-bras, aussitôt suivie de deux autres.

— Bon, maintenant vous revenez ici sans faire de problèmes et j'oublie tout ça, dit-il, d'un ton radouci. Mais si vous faites encore une seule bêtise, je vous descends tous les deux. Est-ce assez clair ?

Nicolas lance une autre pierre sans atteindre le but, semble-t-il. Audrée, la main droite entravée par les menottes, rassemble toutes les pierres qu'elle trouve pour fournir son frère en munitions. Heureusement pour eux, le sol est couvert de cailloux de la taille idéale pour servir de projectiles.

— Vous avez fait une erreur en nous disant que vous ne vouliez pas qu'on retrouve nos corps criblés de balles, nargue Nicolas en lançant un éclat de roche.

L'inspecteur change son fusil d'épaule. Du moins, c'est ce qu'il faut comprendre, puisqu'il tire trois balles qui frôlent les fuyards. Nicolas vise la main de l'inspecteur avec une autre pierre, mais Audrée lui fait rater sa cible en l'entraînant plus profondément dans le couloir. Elle lui arrache la lampe des mains à la première occasion et continue la course en le tirant derrière elle. Quand le faisceau de la lampe les rattrape, Nicolas s'empresse de se retourner pour lancer une autre pierre. Les balles ripostent aussi vite.

Le passage se rétrécit encore.

— Ça débouche dans une plus grande salle ! On va pouvoir courir au lieu de ramper, Nicolas.

— Oui, mais lui aussi…

Nicolas se fait amener violemment du tunnel par sa sœur. La salle, en effet plus spacieuse, est cependant un cul-de-sac. À moins de vouloir se jeter dans le gouffre qui occupe le centre de la place.

— Vite, Audrée, éclaire ce trou. Il faut voir si on peut y descendre.

— Fais-le, toi, dit-elle en lui refilant la lampe. Tu es plus léger que moi. Je te retiendrai.

— D'accord, fais vite. Je l'entends qui approche !

À la merci de l'inspecteur

L'inspecteur Paquette s'immobilise. Il respire avec difficulté. La poursuite devient trop exigeante pour lui. Bien que ses genoux lui fassent mal, il reprend la course.

Il avance aussi rapidement que l'endroit le lui permet. Ses poignets, sur lesquels il s'appuie, le font souffrir. La lampe, dans sa main gauche couverte de boue, éclaire l'espace devant lui, tandis que sa main droite serre le pistolet, prête à tirer.

Les choses ne se passent pas comme il l'avait prévu. Si les deux petites pestes parviennent à s'échapper de la grotte, elles risquent de tout faire rater. À quelques mètres devant lui, le tunnel s'ouvre sur une salle. Il perçoit la lueur de la lampe des enfants. Elle est faible, mais en cachant sa propre lampe, il la voit beaucoup mieux.

Craignant d'être atteint par une pierre, le policier débouche du tunnel en se protégeant le visage de sa main qui tient la lampe. Lorsqu'il parvient dans la grande salle, les enfants ne s'y trouvent déjà plus. La lumière de leur lampe provient du gouffre.

Ils seront maintenant une cible facile, pense l'homme, triomphant. Il avance avec précaution sur le sol glissant parce que couvert de boue. Voilà, il n'a plus qu'à tirer sur eux.

L'inspecteur n'a rien entendu. Il a seulement eu le souffle coupé au moment où Nicolas, tapi dans le noir, lui a foncé dans les reins pour le faire basculer dans le vide. En tombant, l'inspecteur voit la lampe coincée dans la paroi du gouffre. Un leurre !

De longues secondes s'écoulent. Audrée s'accroche au relief du sol de sa main gauche et pousse avec ses pieds du mieux qu'elle peut pour aider Nicolas à remonter. S'il n'avait été retenu à sa sœur par les menottes, il aurait été entraîné au fond du gouffre avec le policier. Épuisés, les deux jeunes s'assoient, l'un près de l'autre, en se massant les poignets.

— Tu crois qu'il est mort ? demande Nicolas.

Un faible gémissement leur parvient du gouffre en guise de réponse.

— C'est un piège, ne va pas voir ! ordonne Audrée.

Curieux, le garçon se couche sur le ventre. Il avance prudemment la tête au-dessus du gouffre. Ce qu'il voit le rassure. La lampe qu'il a coincée dans la paroi éclaire l'inspecteur Paquette tout en bas.

— Il a sûrement une jambe cassée, diagnostique Nicolas. Ce n'est pas beau à voir, je t'assure.

Le blessé ne représente plus une menace en effet. Sa jambe droite est repliée d'une étrange façon et il ne tient plus son arme. Elle doit être enfouie quelque part dans la boue. L'homme se tord de douleur.

Nicolas récupère sa lampe de poche avant de revenir auprès de sa sœur. Leurs jambes se mettent à trembler maintenant qu'ils se savent hors de danger.

— On s'en est bien tiré, pas vrai ? dit Nicolas, d'une voix troublée.

— Oui, mais ce n'est pas encore terminé.

Nicolas et Audrée font volte-face. Lucie, leur monitrice, émerge du tunnel en les éblouissant tous les deux avec sa lampe.

Pour presque un million de dollars

Sylvain pénètre dans le baraquement de l'inspecteur Paquette, plus souriant que jamais. Audrée et Nicolas sont assis côte-à-côte sur un banc, toujours menottés.

Lucie voulait vous libérer elle-même, mais elle est encore occupée avec les policiers. Elle a pensé récupérer la clef des menottes dans la poche de l'inspecteur Paquette avant qu'on ne l'embarque.

Une demi-heure auparavant, l'hélicoptère des secouristes a survolé le camp Bikochi, conduisant le policier vers un centre hospitalier. Le sortir du gouffre d'abord, puis de la caverne, n’a pas été facile, même pour des secouristes expérimentés et bien équipés.

— Si vous voulez encore des lasagnes, je vous en fais réchauffer. Non ? Vous êtes sûrs ?

Audrée et Nicolas se sentent fatigués. Leur appétit est déjà amplement satisfait. Ils aimeraient dormir. Sylvain a rarement été aussi bavard.

— Selon ce que j'ai pu comprendre en discutant avec les policiers, l'inspecteur Paquette cherchait des traces du « voleur à la motoneige » depuis sa disparition, il y a quatre ans. Il espérait retrouver un jour la motoneige ou le cadavre quelque part dans la forêt. Surtout, il cherchait le butin du voleur, presque un million de dollars.

Audrée et son frère l'écoutent d'un air un peu absent, ce qui n'empêche pas Sylvain de continuer :

— C'était ça la raison des recherches, les indices à trouver dans la forêt, le quadrillage d'un secteur différent chaque année et tout. Il se servait de vous, les vacanciers, pour multiplier ses chances de découvrir quelque chose. Il se servait aussi de nous.

Pendant son monologue, Sylvain étend des sacs de couchage par terre et y lance des oreillers.

— Après votre disparition, nous avons dû faire des battues dans la forêt. Quand l'inspecteur Paquette nous a dit qu'il allait remonter la rivière pour vous chercher de ce côté, Lucie s'est tout de suite méfiée. Encore plus quand il a dit qu'il voulait y aller seul. Elle l'a suivi de loin, et c'est comme ça qu'elle vous a trouvés.

Sylvain ferme le rideau de la cabane obstruant ainsi la vue au groupe de jeunes vacanciers, tous agglutinés à la fenêtre depuis son arrivée.

— Il faut dire, au cas où vous ne l'auriez pas remarqué, que Lucie n'aime pas beaucoup l'inspecteur Paquette. Surtout depuis qu'il lui a volé la vertèbre dans la poche de sa veste. Du moins, c'est ce qu'elle croit. C'est aussi mon avis.

Sans se faire prier, Nicolas et Audrée s'étendent sur les sacs de couchage. À moitié endormi, Nicolas demande à Sylvain :

— Est-ce que l'argent du vol a été retrouvé ?

— Ah oui, c'est vrai, les billets étaient bien là, intacts. Ils étaient cachés sous un canot, dans un coffre de métal.

Sylvain leur adresse un dernier sourire extra-dents blanches avant de refermer la porte du baraquement. En sortant, il demande aux campeurs, les oreilles collées au mur, de se regrouper plus loin, près du lac, et de laisser les héros du jour se reposer.

Nicolas entend à peine sa sœur marmonner :

— Ce Sylvain n'est vraiment pas laid du tout...

TABLE DES MATIÈRES